Rafi y Rosi ¡Piratas!

Lulu Delacre

Children's Book Press, *an imprint of* Lee & Low Books Inc.
New York

Para los hermanos grandes y sus hermanitas

Agradecimientos

Agradezco a Olga Jiménez de Wagenheim, Profesora Emérita en Historia, Universidad de Rutgers, y a la Dra. Camilla Stevens, Profesora Asociada de Español y de Estudios Latinos y del Caribe, Universidad de Rutgers, por revisar el material informativo de la sección "¿Qué sabes sobre…?".

Fuentes de la autora

Brau, Salvador. *Historia de Puerto Rico*, Ediciones Borinquen, Editorial Coquí: San Juan, Puerto Rico, 1966.

Coll y Toste, Cayetano. *Leyendas y Tradiciones Puertorriqueñas*. Editorial Cultural, Inc.: Río Piedras, Puerto Rico, 1975.

Fortines de Puerto Rico. http://www.prfrogui.com/home/fortines.htm.

"History of the Spanish Doubloon." Northwest Territorial Mint. https://store.nwtmint.com/info/doubloon/.

"Maps." San Juan National Historic Site, Puerto Rico. National Park Service. https://www.nps.gov/saju/planyourvisit/maps.htm.

Negrón Hernández Jr., Luis R. "Roberto Cofresí: El pirata caborrojeño." PReb.com. http://www.preb.com/biog/hcofresi.htm.

"Pirate Money." Pirates of the Caribbean in Fact and Fiction. http://pirates.hegewisch.net/money.html.

"San Juan National Historic Site, Puerto Rico." National Park Service. https://www.nps.gov/nr/travel/american_latino_heritage/san_juan_national_historic_site.html.

San Juan National Historic Site, Puerto Rico. National Park Service informational brochures: 2004, 2006, 2016.

"Spanish Colonial History." Wayback Machine Internet Archive. https://web.archive.org/web/20011030171948/http://americanhistory.si.edu/vidal/history.htm.

Children's Book Press, an imprint of LEE & LOW BOOKS INC.,
95 Madison Avenue, New York, NY 10016, leeandlow.com
Book design by David and Susan Neuhaus/NeuStudio
Book production by The Kids at Our House
The text is set in Times Regular. The illustrations are rendered
in watercolor and colored pencil on Arches watercolor paper.
Manufactured in China by Imago, August 2017
Printed on paper from responsible sources
(HC) 10 9 8 7 6 5 4 3 2 1
(PBK) 10 9 8 7 6 5 4 3 2 1
First Edition
Library of Congress Cataloging-in-Publication Data
Names: Delacre, Lulu, author, illustrator.
Title: Rafi y Rosi : ¡piratas! / Lulu Delacre. Other titles: ¡Piratas!
Description: First edition. I New York : Children's Book Press, an imprint of Lee & Low
Books Inc., [2017] I Series: Zambúllete en la lectura I Summary: "Rafi and Rosi, two curious
tree frogs, explore Puerto Rico's El Morro Fort, where they pretend to be pirates in battle,
find pirate treasure, and discover a haunted sentry box"—Provided by publisher. Includes
glossary and facts about the places and events. I Includes bibliographical references.
Identifiers: LCCN 2017014878 I
ISBN 9780892394289 (hardcover : alk. paper) I ISBN 9780892393824 (pbk. : alk. paper)
Subjects: I CYAC: Tree frogs—Fiction. I Frogs—Fiction. I Brothers and sisters—Fiction. I Pirates—Fiction.
I San Juan National Historic Site (San Juan, P.R.) I Puerto Rico—Fiction. I Spanish language materials.
Classification: LCC PZ73 .D4354 2017 I DDC [E]—dc23
LC record available at https://lccn.loc.gov/2017014878

Índice

Glosario

ahorita: En Puerto Rico, más tarde.

bahía de San Juan: Cuerpo de agua junto al viejo San Juan.

chiringa: En Puerto Rico, cometa.

Cofresí: Famoso pirata puertorriqueño. Vivió de 1791 a 1825.

coquí: Ranita arbórea común en Puerto Rico, cuya canción suena como su nombre.

Dinamarca: País al norte de Europa.

doblón: Moneda de oro antigua de España y sus colonias.

El Morro: Fuerte de cuatrocientos años que guarda la entrada a la bahía de San Juan.

El Viejo San Juan: El área colonial más antigua de Puerto Rico.

España: País en Europa occidental.

garita: Casilla donde se resguardan los centinelas.

graznido: Grito de algunas aves.

morro: Peñasco alto que da al mar.

real de a ocho: Antigua moneda española de plata.

La batalla pirata

—¡Ja! —dijo Rafi Coquí,

cerrando su libro.

Saltó a mirar por el balcón de la casa

de tía Ana, en el Viejo San Juan.

—¿Qué? —preguntó su hermanita Rosi.

Ella recién terminaba de decorar

su nueva chiringa.

—Sígueme —dijo Rafi.

Recogió su sombrero de pirata,

su bandera pirata, su espada falsa,

dos palitos largos

y un tubo de la escarcha de Rosi.

Tenía un plan.

—Ayúdame a volar mi chiringa —dijo Rosi.

—Ahorita —dijo Rafi.

Rafi partió de la casa de tía Ana

y corrió todo el camino

hasta el Castillo del Morro.

Rosi lo seguía detrás.

Ese día, la entrada al fuerte era gratuita.

Rafi subió al piso superior del fuerte

y se trepó a una pila

de balas de cañón.

—Mira hacia el mar —dijo Rafi—.

Allí es donde el pirata Cofresí

libró una gran batalla.

Rosi revoleó los ojos, fastidiada.

—Quiero volar mi chiringa —dijo ella.

—Pero —dijo Rafi—,

el pirata Cofresí era…

—No me importan

los piratas —dijo Rosi.

Rosi se dispuso a partir.

Rafi alzó su voz fuerte y sonora.

—El pirata Cofresí era el abuelo

de nuestro bisabuelo.

Rosi se dio la vuelta.

—¿Abuelo del bisabuelo? —dijo ella.

—Sí —dijo Rafi—.

Diles a los demás que vengan a escuchar.

—¡Vengan a oír la historia

de un pirata famoso! —anunció Rosi.

Algunas ranitas se acercaron.

Rafi comenzó su cuento.

—Hace mucho, mucho tiempo,

cuando las carabelas

navegaban en alta mar,

el intrépido pirata Cofresí

se batía con quien

lo contrariara.

La multitud creció y creció.

Rafi tomó sus palitos largos

y los tiró al aire.

Dos ranitas los agarraron

y se unieron a Rafi

en su batalla pirata imaginaria.

Otras ranitas convirtieron

sus camisetas en pañuelos

para anudarse en la cabeza.

Los palitos hicieron de dagas y espadas.

Rafi le dio su bandera pirata a Rosi.

Ella la enarboló de un lado al otro.

—¡Veo un barco enemigo! —dijo Rosi.

—Es de Dinamarca —añadió Rafi—.
Abordémoslo en busca de oro y plata.
¡Nos llevaremos todo el botín!

Los piratas brincaron

de la pila de balas de cañón

al cañón y del cañón

de vuelta a la pila de balas.

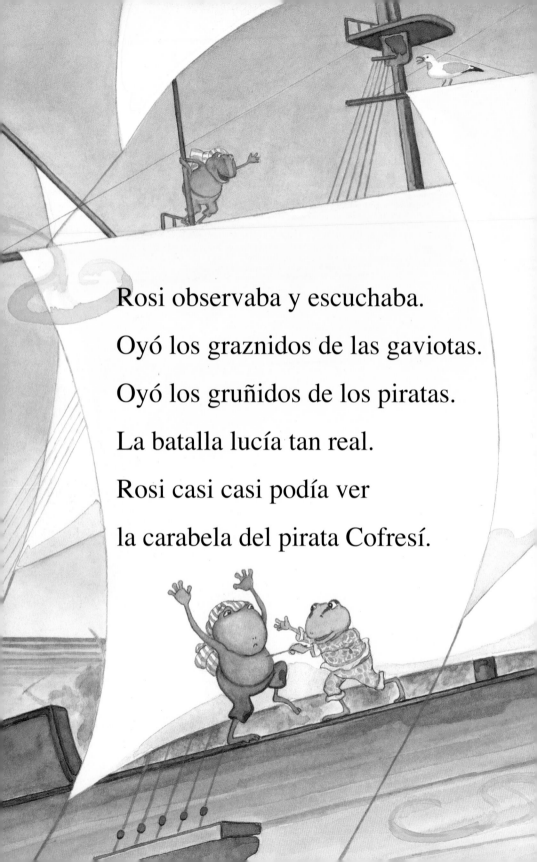

Rosi observaba y escuchaba.

Oyó los graznidos de las gaviotas.

Oyó los gruñidos de los piratas.

La batalla lucía tan real.

Rosi casi casi podía ver

la carabela del pirata Cofresí.

Desde el corazón de la batalla

Rafi le lanzó su sombrero a Rosi.

—¡Cógelo! —gritó.

Rosi dejó caer la bandera

para agarrar el sombrero.

—¿Qué deberíamos hacer con el botín?

—preguntó Rafi—.

¿Lo compartimos con los pobres?

—¡Sí! —respondió Rosi.

—¡Sí! —asintieron los otros piratas.

Rafi escaló la pila de balas de cañón.

—El pirata Cofresí regaló

la mitad de su botín —dijo él, mientras

rociaba a la muchedumbre con escarcha.

Los piratas aclamaron y aplaudieron.

—Tomó de los ricos —dijo Rafi.

—¡Y les regaló a los pobres!

—exclamó Rosi.

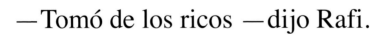

Por sobre la algarabía

de la multitud

se oyó un pito agudo.

Rafi y Rosi vieron

a un guardia furioso

dirigirse hacia ellos.

El guardia sopló su pito

una y otra vez.

Los piratas saltaron

de la pila de balas

y brincaron fuera del cañón.

Se desperdigaron por doquier

hasta que la carabela de Cofresí

desapareció ante los ojos de Rosi.

—¿Qué pasó? —dijo Rosi,

con el sombrero

de Rafi todavía

en las manos.

Dos ranitas depositaron

dinero en el sombrero.

—Buen cuento —dijeron.

—Gracias —dijo Rafi.

Y recogió la mitad de las monedas—.

Ten, Rosi —dijo—. Para ti.

—Ahora vamos a volar tu chiringa

—dijo Rafi justo antes

de que los alcanzara el guardia.

—¡Sí! —exclamó Rosi.

Y se fueron corriendo del castillo

hacia el campo abierto.

Un tesoro escondido

—Volvamos al fuerte a explorarlo

—dijo Rafi después de almorzar.

—¿Qué más hay? —preguntó Rosi.

Rafi revisó su mapa del Morro.

—Un montón de cañones —dijo—.

Y la cocina.

—¿Cocina en un fuerte?

—preguntó Rosi.

—Claro —dijo Rafi—.

Los soldados españoles

que defendían la ciudad

tenían que cocinar para comer.

Rosi se fue dando saltitos hasta el fuerte.

Rafi la seguía detrás

mientras revisaba su mapa.

—Tenemos que ir por ahí —dijo Rafi
apuntando a una escalinata.

—Yo quiero mirar los barcos —dijo Rosi.
Y corrió al mirador
que daba a la bahía de San Juan.

Rosi cerró los ojos

e inhaló el aire de mar.

Cuando los abrió de nuevo,

vio una mariposa.

Intentó tocarla, pero se fue volando.

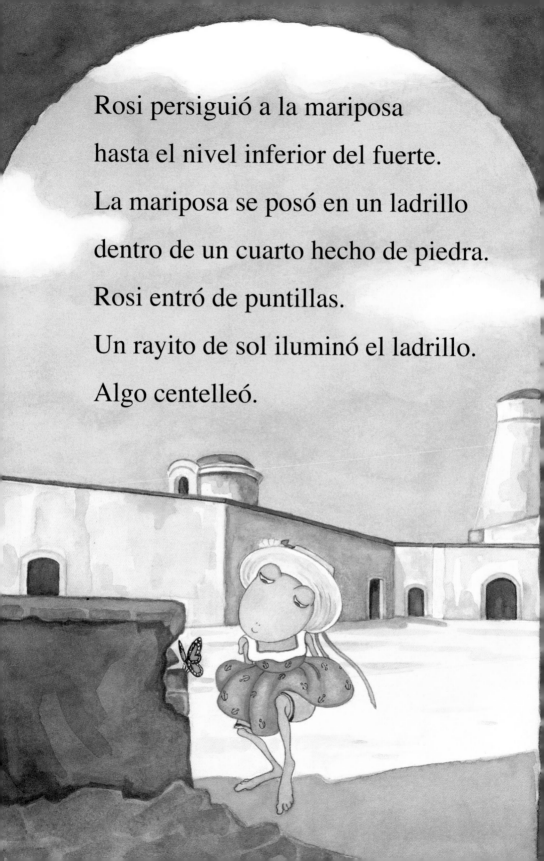

Rosi persiguió a la mariposa
hasta el nivel inferior del fuerte.
La mariposa se posó en un ladrillo
dentro de un cuarto hecho de piedra.
Rosi entró de puntillas.
Un rayito de sol iluminó el ladrillo.
Algo centelleó.

—¡Rosi, encontraste la cocina!

—dijo Rafi al entrar al cuarto.

—Hay algo escondido aquí dentro

—dijo Rosi.

—¿De veras? —dijo Rafi—. Vamos a ver.

Rafi tomó un palito

y movió el ladrillo un poquito.

Rosi deslizó la mano

en el espacio bajo el ladrillo.

—Puedo sentir algo —dijo Rosi—.

¡Está tintineando!

Rafi y Rosi se miraron.

—Voy a aflojar el ladrillo —dijo Rafi.

Tiró y tiró hasta que

el ladrillo cayó al piso.

Un saquito suave también cayó.

—¡MIRA! —exclamaron Rosi y Rafi.

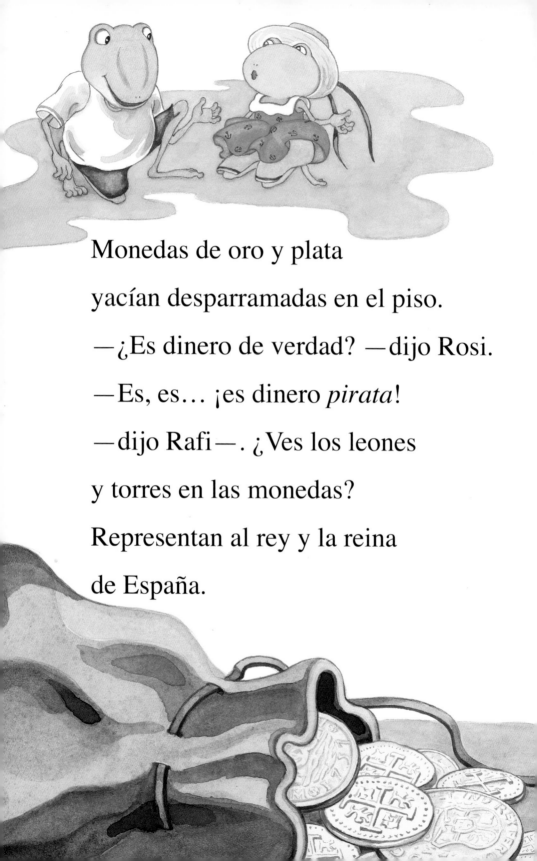

Monedas de oro y plata

yacían desparramadas en el piso.

—¿Es dinero de verdad? —dijo Rosi.

—Es, es… ¡es dinero *pirata*!

—dijo Rafi—. ¿Ves los leones

y torres en las monedas?

Representan al rey y la reina

de España.

—¿Los piratas usaban monedas
españolas? —preguntó Rosi.

—Las robaban de las carabelas

—dijo Rafi.

Rosi palpó con su dedito

la rugosidad de las monedas.

—Parece que encontramos

un tesoro pirata

—dijo ella.

—¿Qué haremos con el dinero? —dijo Rosi.

—No nos lo podemos quedar

—suspiró Rafi.

—¿Por qué no? Nosotros lo hallamos

—dijo Rosi.

—Si de verdad son antiguas monedas

españolas, las debemos entregar

en el museo —dijo Rafi.

—Oh —dijo Rosi—. ¿No puedes
quedarte con tan solo una moneda
para tus cosas de pirata?

—No sé —dijo Rafi—.
Vamos a enseñarle las monedas
a la experta del museo.

—A lo mejor ella deja
que te quedes con una —dijo Rosi.

Rafi y Rosi corrieron rampa arriba

hasta el museo y dieron con la experta.

—Hola —dijo Rosi—.

Hallamos un tesoro escondido

en la cocina del fuerte.

Mi hermano dice que es de pirata.

—¿De veras? —dijo la experta.

—Enséñale, Rafi —dijo Rosi.

Rafi vació el saquito.

—¡Ea! —dijo la experta

al examinar cada moneda—.

Sí que son de verdad.

Son doblones españoles de oro

y reales de a ocho de plata.

—¿Viste? —dijo Rosi.

—No lo puedo creer —dijo Rafi—.

Encontramos

verdadero

dinero pirata.

—¿Se puede quedar con una

mi hermano? —suplicó Rosi.

—No creo

—dijo la experta—.

Las monedas pertenecen al museo.

—Lo sabía —dijo Rafi.

Rosi le dio un apretón de manos a Rafi.

Su mano era suave,

no rugosa como las monedas.

—Oye… —dijo Rosi—. ¡Espera!

Rosi se volteó.

—¿Podemos calcar
las monedas? —Rosi
le preguntó a la experta.

—No veo por qué no —dijo la experta.

Y le entregó a Rosi

lápices de colores.

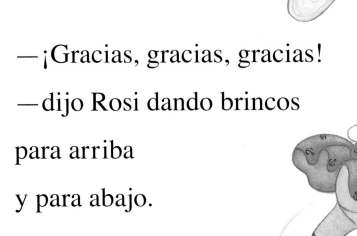

—¡Gracias, gracias, gracias!
—dijo Rosi dando brincos

para arriba

y para abajo.

Rafi y Rosi calcaron con sus lápices

cada moneda de oro y plata

hasta que el más pequeño detalle resaltó.

Estas monedas las podrían

conservar

para siempre.

La garita
encantada

Era ya tarde en la tarde

y Rafi y Rosi seguían en El Morro.

Jugaban al esconder.

—¡Te encontré! —exclamó Rosi—.

Ahora es mi turno de esconderme.

—Tenemos que regresar

a lo de tía Ana

—dijo Rafi.

—La última vez —suplicó Rosi—.

Por favor. ¿Sí?

—Está bien —dijo Rafi.

Cerró los ojos

y comenzó a contar:

—Uno, dos, tres…

Rosi miró a su alrededor y

encontró el escondite perfecto.

Rafi buscó a Rosi.

Buscó tras las balas y bajo los cañones.

Fue rampa abajo

y revisó adentro del museo.

Allá a lo lejos vio una garita.

Los soldados españoles solían

hacer guardia dentro de ella

para defender el fuerte.

Rafi corrió hacia la garita.

—¡Aquí estás! —dijo Rafi.

—Llegaste justo a tiempo

—dijo Rosi—.

Álzame, por favor.

Oí ruidos raros afuera de la ventana.

Cuando Rafi alzó a Rosi

vio estrías profundas

en el dintel de la ventana.

Y se le ocurrió algo.

—A lo mejor los ruidos provienen

del enorme monstruo marino —dijo Rafi.

—¿Qué enorme monstruo marino?

—El que hizo esto —dijo Rafi

señalando las estrías.

—¡Te lo estás inventando! —gritó Rosi.

Estaba molesta.

Rafi la había tratado de asustar.

Así que Rosi se inventó su propia historia.

—A que fue un tiburón temible

con dientes bien afilados —dijo Rosi.

—O un viejo pulpo gigante

de brazos pegajosos —dijo Rafi.

—O una serpiente rayada

con lengua violeta —dijo Rosi.

Rosi escuchó los ruidos otra vez.

Sonaban como gemidos tristes.

—¿Qué es? —dijo ella preocupada.

Rafi corrió a la otra ventana.

—¿Quién está ahí? —gritó.

Extraños chirridos subían

desde la oscuridad de abajo.

Rafi estaba confundido.

Revisó su mapa del fuerte.

—Oh, no —dijo—.

¡Estamos en la garita encantada!

—¿Qué? —dijo Rosi.

—Parece que tiempo atrás un guardia

desapareció de aquí —dijo Rafi.

Rosi se estremeció un poquito.

Se volteó a mirar el mapa de Rafi.

El viento hizo ondear las cintas

de su pamela fuera de la ventana.

Entonces algo tiró de las cintas.

—¡Ay, caramba! —gritó Rosi.

—¿Quién anda ahí? —llamó Rafi.

Más chirridos subieron desde abajo.

Entonces oyeron un golpe sordo.

—¡Yo me voy! —chilló Rosi.

Y huyó por la puerta.

—¡Espérame! —gritó Rafi.

Afuera, Rosi lloraba.

—Ya está bien —dijo Rafi—.

Ahora nos vamos a casa de tía Ana.

—Pero mi pamela —sollozó Rosi—.

El monstruo se la quedó.

Rafi miró hacia la garita encantada.

Entonces miró a su hermanita.

Suspiró muy largo y profundo

antes de caminar de vuelta.

En la puerta, escuchó

los ruidos raros.

Entonces entró.

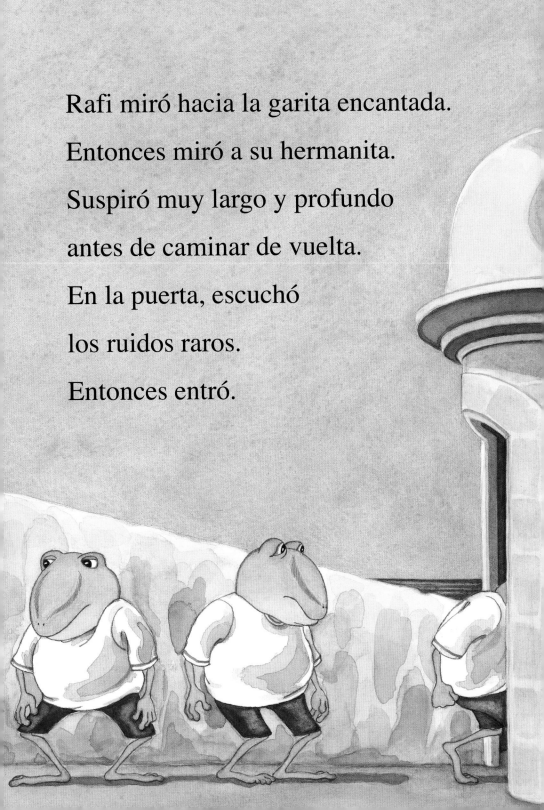

La pamela de Rosi colgaba

del dintel de la ventana.

De pronto, se meneó.

Rafi aguantó la respiración,

cerró los ojos,

cogió la pamela

y haló bien duro.

Se cayó de espaldas al piso.

—¡Ay! —gritó.

Ratoncitos atemorizados colgaban

de las cintas de la pamela.

Se escabulleron y

desaparecieron en las grietas

de las paredes de la garita.

Rafi recogió la pamela de Rosi

y regresó corriendo

a donde estaba

su hermanita.

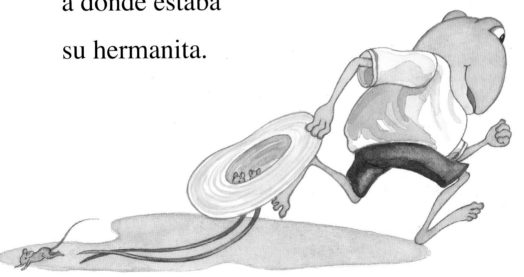

—¡La garita solo está encantada con ratones! —anunció Rafi.

—¿Sólo ratones? —dijo Rosi con una risita tonta.

Rafi y Rosi

se rieron a grandes carcajadas

hasta que les dio dolor de barriga.

¿Qué sabes sobre...

...el Castillo del Morro?

El Castillo de San Felipe del Morro comenzó a construirse en 1539 por los colonizadores españoles. El fuerte fue denominado así en honor al rey Felipe II de España y por el lugar donde se encuentra situado, un *morro* o promontorio rocoso sobre el mar. Los españoles querían proteger la entrada a la bahía de San Juan debido a que Puerto Rico era la primera isla de cierto tamaño con la que los barcos de vela se topaban camino a las Américas. Los ingenieros pasaron casi doscientos cincuenta años en la construcción del Morro. Se terminó en 1787 y es uno de los tres fuertes más antiguos y grandes del Caribe.

A través de los siglos el fuerte fue atacado múltiples veces. En 1595, Sir Francis Drake, capitán inglés considerado como pirata por los españoles, atacó el fuerte con veinticuatro navíos. Los artilleros del Morro dispararon una bala de cañón que perforó la cabina del buque insignia de Drake. Al día siguiente la flota inglesa se retiró. El fuerte también fue atacado por Holanda y los Estados Unidos. En 1898, El Morro sufrió su último ataque. Provino de la flota naval estadounidense durante la guerra Hispano-Americana.

...el pirata Cofresí?

Roberto Cofresí nació en 1791 en Cabo Rojo, Puerto Rico. Fue el hijo de un alemán perteneciente a la nobleza y una puertorriqueña de familia adinerada. La madre de Cofresí falleció cuando él tenía cuatro años y, nueve años más tarde, falleció el padre del niño. Al tener que valerse por sí mismo, Cofresí trabajó como marinero. Otros marineros se le unieron y el grupo se tornó pirata. El pirata Cofresí atacó a navíos holandeses, ingleses y estadounidenses en el mar Caribe. A raíz de la interferencia de Cofresí en el comercio internacional, muchos países querían deshacerse de él. En marzo de 1825, España, Dinamarca y los Estados Unidos se unieron para emboscar a Cofresí en el mar. El pirata huyó a Puerto Rico y el gobierno local lo capturó en la costa del suroeste de la isla. Enviaron al pirata Cofresí al Morro donde fue apresado, juzgado y sentenciado a muerte. Allí lo fusilaron tan sólo tres semanas luego de su captura.

Cofresí fue el último pirata del Caribe. Se dice que les robaba a los ricos para darles a los pobres, compartiendo algo de su botín con los necesitados y ancianos. Los cazadores de tesoros de hoy en día aún andan tras el tesoro de Cofresí, que se cree que está escondido en la costa de Cabo Rojo.

...dinero pirata?
Los doblones de oro españoles y los reales de a ocho de plata fueron usados como el dinero de preferencia en el comercio internacional desde el siglo dieciséis hasta mediados del siglo diecinueve.

Los exploradores españoles fabricaron miles de monedas con las toneladas de oro y plata que se robaron de México y Suramérica. Originalmente las monedas se fabricaban a mano y su valor era determinado por su peso. Un doblón español se manufacturaba con siete gramos (un cuarto de onza) de oro fino. Los obreros rebanaban discos de las barras cilíndricas de oro, estampaban un diseño en cada uno y recortaban los discos para obtener el peso exacto. Uno de los diseños en los doblones muestra leones, torres y una cruz. Los leones y las torres representan el escudo de armas de los reyes Fernando e Isabel de España, quienes patrocinaron los viajes de Cristóbal Colón. La cruz de Jerusalén o cruz de las cruzadas, indica la estrecha relación entre la monarquía española y la religión católica.

Los navíos españoles iban cargados de miles de libras de oro y plata en sus travesías desde Suramérica y Centroamérica hasta Europa. Los piratas del Caribe estaban al tanto de tal cargamento y constantemente atacaban los barcos.

...cómo calcar monedas?

Necesitarás: monedas de cualquier clase, hojas delgadas de papel blanco, y un lápiz de mina blanda o lápices de colores.

1) Coloca el papel en una superficie dura.

2) Decide dónde deseas que aparezca tu diseño en la hoja de papel. Coloca la moneda sobre la superficie

63

directamente debajo del lugar escogido en el papel.

3) Sostén el papel con firmeza para que ni el papel ni la moneda se muevan.

4) Usando el costado de la punta del lápiz restriega el papel de un lado al otro justo encima de la moneda. Usa presión leve para que no se desgarre el papel.

5) El diseño de la moneda aparecerá en su totalidad a medida que calques.

6) Repite con el reverso de la moneda o con otra moneda en un lugar distinto de la hoja. Continúa hasta que hayas creado un patrón de monedas en tu hoja de papel.

Si eres cuidadoso, podrás resaltar pequeños detalles en la moneda que no salen ¡ni en las fotos!

…la leyenda de la garita encantada?

Entre el siglo dieciséis y el diecinueve, los soldados españoles hacían guardia a lo largo de la costa para proteger la ciudad del Viejo San Juan. Los soldados mismos estaban protegidos por las garitas, las estructuras empotradas en las murallas de los fuertes. La garita encantada, llamada garita del diablo por los locales, está ubicada en el Castillo de San Cristóbal, un fuerte al este del Morro. Una noche, un apuesto centinela desapareció de su puesto. Las tropas lo buscaron, pero no fue hallado jamás. Algunos dicen que el diablo se lo llevó. Otros creen que el soldado se fugó con su enamorada. La joven a quien el soldado le solía cantar serenatas, desapareció la misma noche que el soldado.